M. l'Abbé B A T T E U X *ayant été élu par Meſſieurs de l'Académie Françoiſe, à la place de M. l'Abbé* DE SAINT CYR, *y vint prendre ſéance le Jeudi 9 Avril 1761, & prononça le Diſcours qui ſuit.*

MESSIEURS;

JE parle dans un lieu où les Corneilles, les Boſſuets, les Deſpréaux ont fait entendre leurs voix : où les mânes des grands hommes du ſiècle paſſé ſemblent habiter encore, comme dans un temple conſacré autrefois par leur préſence. C'eſt ici qu'ils ont été couronnés chacun dans leur temps : & quiconque oſe s'avancer pour prendre leurs places & ſuccéder à leurs travaux, doit avoir des titres pour participer à leur gloire.

Cette ſeule penſée remplit mon ame de ſenti-mens que je ne puis démêler en moi, & que je puis encore moins vous exprimer. Daignez en

A ij

juger, Messieurs, par ceux que vous éprouvâtes vous-mêmes dans de pareils momens, malgré la confiance que devoient vous infpirer vos talens, reconnus par les juges éclairés, applaudis par la voix publique.

Ce fut l'illuftre Académicien à qui je fuccède, qui me fit naître des defirs que je n'ofois prefque former, & qui me flatta, peu de jours encore avant fa mort, d'un fuccès dont je fuis redevable à vos bontés. Qu'il eût été doux pour moi de compter fon fuffrage parmi les vôtres, & de lire aujourd'hui dans fes regards, l'expreffion de l'amitié dont il vouloit bien m'honorer! Il eût été un garant de plus de mon refpect pour vous, & de ma reconnoiffance pour votre bienfait.

Vous l'avez connu, Messieurs, & c'eft pour moi un avantage d'avoir à louer fes vertus, en préfence de ceux qui en ont été les juftes eftimateurs & les témoins. Né avec un efprit auffi pénétrant que judicieux, & avec un cœur droit, dans une famille où ces qualités furent toujours héréditaires, l'éducation n'eut pas befoin chez lui de fertilifer des fonds arides, de redreffer des inégalités, de détourner des penchans : elle n'eut qu'à ouvrir le fillon & à femer. Dès qu'il apperçut le vrai & le bon, fon goût s'éveilla. Ce goût s'étendit de jour en jour avec les connoiffances, & fe diftribua fur tous les genres, felon le mérite & l'importance des objets : femblable à ces plantes faines & vigoureufes, qui, s'élevant dans un

terrain fertile, fous un ciel libre, s'accroiffent
régulièrement dans toutes leurs parties, avec ces
différences fimmétriques qui conftituent la force
& la beauté. La Religion forma fon cœur, la Philofophie inftruifit fa raifon, les Lettres lui donnèrent les graces & la politeffe de l'efprit.

Quand je parle de Philofophie, MESSIEURS,
le feul nom de M. l'Abbé de S. Cyr avertit qu'il
eft queftion de celle qui s'enveloppe dans fes devoirs ; qui s'exerce dans la pratique beaucoup plus
que dans les difcuffions ; qui, aimant fon Dieu,
fa Patrie, fon Roi, ne croit pas qu'on puiffe s'en
faire un mérite : en un mot il s'agit d'une Philofophie, qui, marchant d'un pas ferme, dans la route
qu'elle s'eft tracée par des idées auffi claires que
juftes, s'avance fans inquiétude & fans bruit, au
travers des faux jugemens & des paffions des hommes, dont elle effuie les chocs fans colère, &
fans s'écarter de fon objet. Telle fut la Philofophie
de M. l'Abbé de S. Cyr.

Il l'avoit puifée non-feulement dans les livres
faints, qui avoient fait long-temps fon étude parti-
culière, & dont il fe nourriffoit chaque jour, comme
d'un pain folide ; mais encore dans les Auteurs
fameux de l'Antiquité Grècque & Latine, dont
il avoit médité les Ouvrages, fur-tout depuis qu'il
avoit été appellé à l'éducation d'un Prince, qui
renfermoit dans fa Perfonne augufte les plus grands
intérêts de l'Europe. Il crut qu'il falloit affocier
à un emploi fi important, tout ce qu'il y avoit

jamais eu de génies capables d'élever l'ame & de
former les cœurs. Homère , Platon , Sophocle,
Euripide , Plutarque , Cicéron , tous les Maîtres célèbres dans l'art de bien faire & de bien
dire , entrèrent dans son plan de travail. Il y
joignit nos excellens modernes. Il ne paroissoit
pas un Ouvrage sensé , dont il ne profitât aussitôt
pour étendre ses vûes, ou pour les remplir. Pendant
plusieurs années il eut avec un ami digne de lui &
digne de vous, MESSIEURS, (a) des heures mar-
quées pour ces conférences littéraires , qui animent
les esprits par le concours , & quelquefois par le
choc des idées. Lectures réfléchies , analyses profondes , extraits raisonnés , plans réduits, rien ne
lui coûtoit pour tirer des sources mêmes , les sucs
précieux qu'il faisoit couler si abondamment dans
l'ame d'un Prince avide de belles connoissances &
de grands exemples , qui saisissoit ardemment tous
les points de vûe instructifs qu'une main adroite
avoit su lui ménager. M. l'Abbé de S. Cyr aimoit
tendrement, que dis-je, il adoroit son élève : & il
savoit qu'en le formant à la vertu , il posoit les
vraies bases de la grandeur des Rois & celles du
bonheur public.

Il étoit juste qu'il y trouvât le sien. Il a vu pendant vingt ans le fruit de ses leçons, porté même
au-delà de ses espérances. Une religion pure &
éclairée , un esprit orné de toutes les connoissances utiles aux Souverains , un amour constant de

(a) M. Hardion.

équité & de l'ordre, le goût vif du beau, c'est-à-
dire, du vrai & du simple, toutes ces qualités réu-
nies dans un cœur qui lui laissoit voir tous ses mou-
vemens, suffisoient pour rendre heureux un sage
qui avoit cultivé les germes de tant de vertus, &
qui voyoit dans son propre ouvrage, le destin de
la France assuré, & la continuité de sa gloire. M.
l'Abbé de S. Cyr ne pouvoit rien desirer de plus.
Quoique placé dans le tourbillon le plus rapide
des passions ambitieuses, il étoit assez près du centre pour n'être pas emporté. Son cœur se reposoit
tout entier dans celui de M. le Dauphin.

Pourquoi n'oserois-je ajouter que celui de
M. le Dauphin se reposoit dans le sien ? Les Maîtres du monde seroient-ils condamnés à paroître
ignorer un des plus beaux & des plus doux senti-
mens du cœur humain ? Je parle d'un Prince qui
sait que les Rois ne sont jamais plus grands que
quand leur bonté les rapproche de leurs sujets, ni
plus semblables à la Divinité, dont ils sont les ima-
ges, que quand ils se plaisent au milieu des hommes.

C'étoit la reconnoissance qui avoit commencé
les nœuds de cette généreuse amitié : l'estime les
avoit fortifiés : la douce habitude de voir arriver
tous les jours un homme vrai, zélé, désintéressé,
portant avec lui des conseils de raison & de sagesse, les avoit rendus indissolubles. Quand la
mort vint les rompre, les entrailles du Prince furent émues : ses yeux ne purent refuser des larmes
à son ami ; larmes précieuses ! qui, mettant le com-

ble à la gloire de celui qui les a méritées, mon
trent aux peuples un cœur ouvert, pour être l'
fle de la vertu & le refuge des malheureux.

Je vous rappelle les larmes de l'amitié. Un
voix plus éloquente & plus touchante que
mienne vient de vous peindre celles de la nature
lorfqu'un père fi tendre a vu fon fils, la premièr
& la plus précieufe portion de fon fang, condu
au tombeau par les plus longs & les plus crue.
apprêts de la mort. Les Peuples touchés des mau
d'un enfant né pour un deftin fi différent, le pleu
roient avant que de l'avoir perdu. Si le Ciel l'et
rendu à nos vœux, il eût été bon, humain, géné
reux : il eût réuni toutes les vertus de fon auguft
Famille. A peine fur notre horifon, cet aftre heu
reux a difparu.

M. l'Abbé de S. Cyr perfuadé que la conduit
de l'homme, & encore plus fes affections inté
rieures dépendent des opinions qui fe font ét:
blies dans l'efprit, fut fidele pendant toute fa v
au plan de l'éducation qu'il avoit reçue, & de cell
qu'il avoit donnée. Il regardoit le fyftême de no
connoiffances, comme un édifice, dont les Lettr
fourniffoient les décorations, & la Philofophie l
matériaux ; mais dont les premiers fondemens, e
fevelis la plûpart dans des ténèbres inacceffibles
la raifon, devoient être pofés par une main plu
fûre & plus refpectable encore que celle de
Philofophie.

Il avoit affez étudié l'hiftoire des penfées hu
main

maines pour favoir que notre efprit, lorfqu'il veut s'élever feul, & franchir les barrières, court rifque de fe perdre dans le vuide, ou de fe brifer contre des rochers. Il avoit vu tous ces Génies fublimes, tous ces Héros de la fageffe ancienne, femblables à ces athlètes qui combattoient les yeux couverts d'un bandeau, porter leurs pas au hazard, fe croi-fer mille fois dans leurs courfes, fe replier fur eux-mêmes, &, après avoir frappé quelques coups heureux, fans en être fûrs, tomber enfin de laffi-tude & d'inanition, dans l'endroit même d'où ils étoient partis.

Il avoit obfervé que les efforts des Modernes n'avoient pas eu plus de fuccès ; que Leibnitz & Platon s'étoient également perdus dans l'atome, comme Epicure & Defcartes dans l'immenfité ; enfin que tous les Philofophes, dans tous les temps, avoient été également repouffés par la majefté même de la Nature, toutes les fois qu'ils avoient entrepris de pénétrer dans fon fanctuaire.

Il en avoit conclu que l'efprit humain a fes bor-nes fixées, & que, dans tout ce qui eft au-delà de ces bornes, il a befoin d'un guide pour diriger fes pas, & d'un appui pour les affurer. Si nous vou-lons une époque dans l'origine des temps, une bouffole dans les vues abftraites, des fins dans la Phyfique, un pivot dans la Morale, il faut que la chaîne de nos connoiffances foit attachée au même point que celle de la Nature.

Munie de cette précaution auffi néceffaire que

B

fage ; que la Philofophie prenne l'effor , & fe
porte avec autant de confiance que de forces, dans
tous les genres où la curiofité l'appelle , & où l'u-
tilité l'attend : M. l'Abbé de S. Cyr applaudit à
fes fuccès : Qu'avec nos Géomètres fameux , elle
précède par fes calculs fublimes , les aftres qui fe
lèvent & fe couchent chaque jour auprès de nous,
& ceux qui fe perdent dans l'infinité de l'efpace ,
pour ne reparoître qu'après des fiècles : Que pour
conftater les loix générales de l'Univers , & per-
fectionner la fcience du globe , elle aille graver
le nom du meilleur des Rois fur les rochers du
nord & du midi : Qu'avec nos Plines modernes
elle étudie les mœurs des animaux , les proprié-
tés des plantes , les différences des métaux , pour
les ramener au fervice de l'homme , comme à leur
centre : Qu'elle faififfe le pinceau de Tacite , ou
celui de Théophrafte , pour peindre les hommes
avec des traits qui les frappent , & qui les forcent à
devenir meilleurs : Enfin qu'elle développe dans
fes méditations profondes , les loix fondamentales
de l'humanité pour le bonheur des Peuples ; qu'elle
faffe fentir aux fujets que leur repos eft dans l'o-
béiffance , & que le repos eft le plus grand des
biens ; aux Rois , que leur gloire eft dans la juftice , & qu'ils font toujours bons , quand ils font
juftes ; à tous les hommes , que tenant leur exif-
tence d'un Être effentiellement bienfaifant , ils ne
peuvent être heureux , qu'en ufant de tout ce qu'ils
ont de forces & de facultés pour faire du bien.

Quel emploi ! quelles fonctions pour la Philoſophie ! Oui, les Philoſophes ſont véritablement les
Précepteurs du genre humain, les Miniſtres de la
paix & du bonheur public, les Prêtres de la vérité
& de la vertu. Ils ouvrent la porte de nos Temples : & y entrant avec la foule des Peuples, ils
ne ſe diſtinguent d'elle que par l'excellence de
leur encens, par l'hommage qu'ils font de la ſageſſe même aux pieds des Autels.

Qu'à ce fond ſi riche, ſi beau, ſi magnifique de
connoiſſances & de vertus, on ajoute les charmes
de cet art divin qui revêt & embellit les penſées,
ſelon la nature & les circonſtances des ſujets, employant tantôt l'élégance attique, dans les matières ſimples, qui ne veulent que la préciſion &
la clarté, & qui craignent les ornemens ; tantôt
cette abondance majeſtueuſe, comparée aux grands
fleuves, lorſque les ſujets ſont nobles, & demandent la pompe de l'expreſſion & de l'harmonie ;
quelquefois ces traits de feu, brillans & pénétrans
comme la foudre ; & toujours cette douce urbanité, qui ſemble être la fleur des lettres & des vertus, qui paſſe des mœurs dans les écrits, des
écrits dans les mœurs ; l'homme de Lettres, également inſtruit, éloquent & religieux, devient ce
qu'il doit être, la lumière, l'exemple & les délices de la ſociété.

Ce fut, MESSIEURS, n'en doutons pas, ce
fut le point de vûe de ce Génie ſublime, à qui la
France eſt redevable de votre établiſſement.

B ij

Si le Cardinal de Richelieu n'eût élevé qu'un tribunal littéraire pour juger de l'emploi régulier d'un mot, ou de la correction d'un tour grammatical, pour prononcer fur les nuances du ftile poëtique ou oratoire, en un mot pour diriger les apprêts de cette parure extérieure qu'on donne aux penfées, quand on veut qu'elles foient bien reçues par l'efprit, j'ofe le dire devant vous, ce projet, toujours infiniment cher aux Mufes, eût été digne d'un Ariftarque, mais il n'eût pas été digne de Richelieu. Ce grand homme, qui a empreint la hauteur de fon génie fur tout ce qu'il a fait, n'étoit pas capable de s'arrêter au milieu d'une idée féconde. Liant ici, comme dans toutes fes vûes, fa gloire perfonnelle avec celle de fa Nation, il a voulu que la France devînt ce que la Grèce & Rome avoient été autrefois, le fiége de l'empire du goût & de l'efprit, régnant fur toutes les Nations polies, par les modèles de littérature en tout genre, dont elle leur offriroit les beautés. Il a voulu que toutes ces idées effentielles qui comprennent la Religion, le Gouvernement, les Arts, les Mœurs de l'Europe & de l'Univers, fuffent confacrées dans les monumens de la Langue Françoife; & que cette Langue, riche en chef-d'œuvres de toutes efpèces, méritât d'être l'organe des Peuples & l'interprête des Rois.

Pour établir cette forte d'empire, il falloit une Compagnie auffi illuftre que favante, qui eût le dépôt de l'autorité, & qui fût dans la France même, ce que la France devoit être au milieu des autres Nations.

Tous les Ordres de l'Etat furent appellés pour la compofer. La naiffance vint y figurer à côté des talens, & la plus haute dignité à côté du fimple mérite littéraire. Non que Richelieu prétendît relever par cette affociation les talens & les Lettres, qui prennent toujours leur rang dans l'eftime publique comme dans l'Hiftoire ; mais pour faire fentir à ceux qui avoient befoin de cette comparaifon, que les grands ne peuvent que s'honorer en cultivant les Lettres, & que le génie & le goût n'ont pas befoin d'aïeux pour être grands, non plus que de poftérité pour être immortels.

Depuis cette époque heureufe pour les Lettres Françoifes, il n'y eut point d'homme de génie, quelque fameux qu'il fût par lui-même, qui ne crût avoir befoin de vos lauriers. L'honneur d'être compté parmi vous fut regardé comme le fceau de la gloire littéraire, capable plus que tout le refte de fixer l'inconftance de la renommée, & d'en conftater les fuffrages au tribunal des fiècles éclairés.

Richelieu devenu, après vous avoir fondé, votre *Chef* & votre *Protecteur*, laiffa ces deux titres à un Magiftrat digne par fa naiffance, par fes lumières & par fes vertus, de les porter après lui, & de les tranfmettre au plus grand des Rois. Mais L o u i s ne prit que le fecond, qui lui parut plus jufte, & qui fignifioit que les Lettres effentiellement libres, avoient des amis & des bienfaiteurs, & point de maîtres.

Ce Monarque ſi grand, ſi puiſſant, ſi abſolu, qui a fait pendant un ſiècle les deſtins de l'Europe, a deſiré de voir ſon nom à la tête des vôtres, avec une qualité qui faiſoit un droit pour vous, & une obligation pour lui. Il n'ignoroit pas que dans un Etat, où le Roi eſt le père, où la raiſon & l'équité dictent les Loix, où le reſſort du Gouvernement eſt l'honneur & l'amour, les Lettres toujours liées avec les mœurs, influoient ſur ceux qui obéiſſent comme ſur ceux qui commandent; & qu'un Pays où les Muſes ont des autels, eſt nonſeulement le ſéjour de ces qualités riantes, qui font l'agrément & le charme de la ſociété; mais qu'il produit encore les vertus ſolides, qui en font la ſécurité & le bonheur réel.

Je n'en veux prendre à témoins d'autres que vous, ennemis jaloux du nom François, fiers Inſulaires, qui ſemblez nous haïr par goût encore plus que par intérêt ou par ſyſtême. Dès que l'aurore de la paix aura montré ſes premières lueurs ſur votre horiſon, & que vos vaiſſeaux commenceront à rentrer dans vos ports pour y déſarmer, vous vous hâterez d'en préparer d'autres pour franchir la barrière qui vous ſépare de nous. Vous viendrez reſpirer dans nos climats, vous repoſer dans nos arts, vous égayer dans nos cercles. Et ce Peuple, contre lequel vous gardez un ſi vif reſſentiment, & qui n'en eut jamais contre vous d'autre que celui de l'Etat , s'occupera des moyens d'acquerir des droits fur vos cœurs. Grands & petits, tous fe croiront obligés de vous faire les honneurs de la Nation , parce que vous êtes des hommes & des étrangers.

Puiffent ces fentimens , fufpendus aujourd'hui par la violence des armes , reprendre bientôt leur cours , lorfque les nuages étant diffipés & la férénité rendue , vous viendrez avec nous , avec la même affurance que nous , goûter combien eft doux le règne de la juftice , de la bonté , de la modération : de cette vertu la plus grande & la plus difficile vertu des Rois, que L o u i s a adoptée pour en faire la règle de fa conduite envers fes ennemis. Vous le verrez au milieu de fon Peuple, dont il eft adoré , au milieu des Arts & des Lettres , qu'il chérit & qu'il encourage , occupé des moyens d'adoucir le malheur des temps , de r'ouvrir les fources de l'abondance, de concilier les intérêts des Nations , toujours prêt de facrifier les fiens au bien de l'humanité : préférant à tous les autres genres de gloire , dont il a connu le prix & fenti les attraits , celle de travailler à la félicité des Peuples, de mériter l'amour de fes fujets , la confiance de fes voifins, la reconnoiffance & l'eftime de l'Univers.

Réponse de M. le Duc DE NIVERNOIS *au Discours de M. l'Abbé* BATTEUX.

MONSIEUR,

ON peut dire que la République des Lettres est pleinement florissante lorsque les Littérateurs font Philosophes, & que les Philosophes cultivent la Littérature : en effet l'aménité, la délicatesse qui se puisent dans l'étude des Belles-Lettres, rendent la Philosophie plus victorieuse, en la rendant plus aimable, en donnant des graces à la sagesse, en semant de fleurs le chemin de la vertu ; tandis que de son côté la lumière philosophique répandue sur les matières d'érudition, y porte cet esprit d'ordre, de méthode & d'analogie, sans lequel le savoir n'est que du pédantisme, la mémoire se charge, & la tête ni le cœur n'ont rien acquis. Les acquisitions du savoir fournissent à un Ecrivain ces rapprochemens intéressans *(a)* qui mettent en état de présenter le tableau varié de toutes les opinions, de toutes les Sectes, en paroissant n'en discuter qu'une seule ; & l'esprit philosophique, cet esprit qui par les causes annonce

---

(a) Allusion aux Dissertations de M. l'Abbé Batteux, & à son Ouvrage sur Epicure.

les effets, ou qui des effets remonte à la connoif-
fance des caufes ; cet efprit qui approfondit, qui
apprécie, qui analyfe jufqu'au fentiment ; cet efprit qui rend raifon de tout, & même des bornes
qu'il doit fe prefcrire, élevant l'homme de lettres
à la dignité de Légiflateur (a), fait de fes obferva-
tions un code littéraire, où tout genre trouve fa
loi, tout abus fon remede. Le Philofophe Littérateur dogmatife avec élégance, difpute avec politeffe, plaît en inftruifant, enfeigne en perfua-
dant. Le Littérateur Philofophe fixe le goût par
des définitions exactes, étend les idées par le dé-
veloppement de cette chaîne imperceptible qui
lie toutes les connoiffances humaines, facilite l'é-
tude des beaux Arts (b), en fimplifiant leurs prin-
cipes. Heureux l'Ecrivain qui réuniroit ce double
caractère ! Heureux celui qui auroit acquis ce
double droit à la reconnoiffance publique ! . . .

Je m'arrête, MONSIEUR, & je veux me con-
former à un de vos préceptes (c). » Quand il s'agit
» de louer, d'applaudir, de féliciter, la délicateffe
» demande, dites-vous, qu'on s'exprime avec une
» certaine réferve qui laiffe la liberté de voir ou de
» ne pas voir la louange, de la refufer ou de l'ac-
» cepter, d'y répondre ou de la paffer fous filen-
» ce ». Ainfi je ne vous offrirai ici que la pratique

(a) Allufion au Cours de Belles-Lettres de M. l'Abbé Batteux.
(b) Allufion à l'Ouvrage de M. l'Abbé Batteux, intitulé : Les
beaux Arts réduits à un feul principe.
(c) Cours de Belles-Lettres, tom. 4, p. 284.

C.

de vos leçons : vous en fourniffez d'appropriées à toutes les circonftances comme à tous les genres ; & en répandant après vous quelques fleurs fur le tombeau de votre Prédéceffeur, je ferai fidelle à une fage inftruction que vous donnez à tous ceux qui parlent, quand vous les avertiffez que ce qu'il y a de plus néceffaire, » c'eft de bien fentir (a) » qui on eft, & de qui on parle ».

Ainfi je n'honorerai les vertus de M. l'Abbé de Saint-Cyr, que par un filence refpeétueux : fa bienfaifance étoit de la charité ; fa répugnance pour les honneurs étoit de l'humilité ; toutes fes vertus épurées, &, s'il eft permis de parler ainfi, exaltées par la vive piété, par le zèle religieux qui l'animoient, portoient une empreinte trop facrée pour n'être pas fort au-deffus des éloges d'un homme de mon état. Je me permettrai feulement de rappeller la fimplicité de fes mœurs, qui ne s'eft jamais démentie pendant plus de vingt années de féjour à la Cour. C'eft à la Cour qu'il partageoit fon temps entre la pratique de fes devoirs & l'étude, n'en réfervant qu'une très-petite partie pour le commerce de quelques amis choifis qu'il fe plaifoit à regarder comme fes protecteurs. Son intérieur auffi modefte que fa contenance, renfermoit avec foin les fruits qu'il recueilloit d'une application conftante au travail ; mais la nature & le fuccès de fes occupations leur donnèrent l'éclat qu'il auroit voulu pouvoir leur dérober.

(a) Ibid. p. 283.

Il avoit eu une part principale à l'éducation d'un Prince dont l'enfance n'a rien eu de puérile, dont la jeuneſſe a été exempte de paſſions, dont l'eſprit aime à s'étendre, à s'orner par toute ſorte de lectures utiles, dont le cœur aime à s'ouvrir, à ſe livrer à tous les ſentimens honnêtes. Pour faire l'éloge le plus ample de M. l'Abbé de Saint-Cyr, il ſuffit de préſenter le tableau le plus raccourci des ſuccès de ſon Ouvrage ; & la modeſtie qui caractériſe le Diſciple auſſi-bien que l'Inſtituteur, ne me permet pas de détailler davantage ce tableau intéreſſant. Plus heureux qu'Ariſtote & que le docte Adrien, le Confrère diſtingué que nous regrettons aujourd'hui n'a point vu ſon Elève dans les dangers du pouvoir ni dans les viciſſitudes de la fortune ; & il a joui ſans interruption non-ſeulement de ſa confiance intime, mais du ſpectacle de ſes vertus : ſpectacle ſi doux & ſi flatteur pour celui qui les avoit cultivées. Heureux encore M. l'Abbé de Saint-Cyr juſques dans cette mort prématurée qui nous l'a enlevé, puiſque les vifs & honorables regrets dont elle a été ſuivie conſacrent avec éclat ſa mémoire, en fourniſſant aux faſtes de l'humanité cette anecdote conſolante, qu'un homme mourut pleuré d'un grand Prince, à qui il n'avoit jamais parlé le langage de la flatterie.